O DILEMA DE BALTAZAR

Coordenação editorial: Sálvio Nienkötter
Editor-executivo: João Lucas Dusi
Editores-adjuntos: Daniel Osiecki e Claudecir de Oliveira Rocha
Capa: Paula Villa Nova
Designer editorial: Fernando Cesar Ribeiro
Produção: Cristiane Nienkötter

Dados Internacionais de Catalogação na Publicação (CIP)
Angélica Ilacqua CRB-8/7057

Luciano, Diego Ramirez
O dilema de Baltazar / Diego Ramirez Luciano. — Curitiba : Kotter Editorial, 2023.
88 p.

ISBN 978-65-5361-235-8

1. Literatura brasileira I. Título
23-6753 CDD B869.3

Kotter Editorial Ltda.
Rua das Cerejeiras, 194
CEP 82700-510 - Curitiba - PR
www.kotter.com.br | contato@kotter.com.br

Diego Ramirez Luciano

O DILEMA DE BALTAZAR

KOTTER

Ao Thales

“Por que o Senhor fez isso comigo? Por que me fez chegar até esse ponto? Por quê? Por que torturar-me tão horrivelmente?”
Não tinha esperança de ser respondido, mas mesmo assim chorava por não haver resposta, por não ser possível encontrar resposta. A dor ressurgiu ainda mais forte, mas ele não fez um movimento, não chamou ninguém.

Tolstói

A CIDADE E A FAMÍLIA

Uma pequena cidade – diferente de todas as demais com uma característica convidativa, como a cidade das flores, do artesanato e do vinho – sempre aguçava a curiosidade dos poucos visitantes que adentravam seu espaço de terra, mato, ruas e monotonia. Mas logo na chegada, os forasteiros se sentiam frustrados, como todos os moradores que repousavam naquele lugar seus corpos desiludidos. Nem mesmo o mais oportunista dos políticos teve a coragem de lhe dar um atributo falso. A cidade nada tinha a não ser pessoas, com seus defeitos, seus preconceitos, seus sonhos, suas desilusões e suas histórias. E esta história foi a mais surpreendente que aconteceu por lá.

Nesse local, desprovido de uma qualidade capaz de distingui-lo de todos os outros, vivia Baltazar. A vida dele não tinha muitos prazeres ou aventuras. A serenidade de Baltazar não foi alcançada ao longo de um percurso. Foi, antes, seu subterfúgio para suportar as desilusões que tão logo se abateram em sua vida. Para sonhos frustrados, é melhor a apatia do espírito à energia do instinto em um mundo onde a natureza não consegue encontrar seu caminho.

Baltazar era casado com Miriam, com quem teve três filhos: Ana, de 17; Mateus, de 16; e Edgar, de 14 anos. Depois de Edgar, dois natimortos: o primeiro quatro anos após o nascimento do caçula, e o último cinco anos mais tarde. Os filhos foram concebidos numa regularidade não programada e em uma quantidade que escapou a qualquer planejamento. O tempo entre o nascimento da prole denunciava o afastamento dos corpos entre eles.

O QUADRO NA PAREDE E A PORTA

A vida em família seguia misteriosamente a praticidade da mãe e a apatia do pai. Nenhum dos dois tinha se dado conta disso. Ana era a única que parecia se incomodar – ou a única que fazia reclamações frequentes sobre essa condição do lar. Mas passou a empregar menos energia nas reclamações quando começou a desfrutar de mais liberdade para sair de casa.

A residência onde viviam era pequena e antiga. Não tinham muitos móveis e, a julgar pela falta de dinheiro e de espaço, ambas as coisas justificavam a ausência. A construção era composta por dois quartos. Em um deles, dormiam Baltazar e Miriam; no outro, os três filhos. A sala era o lugar mais espaçoso e também o mais povoado. Faziam lá as refeições e as tarefas da escola, e era onde recebiam as poucas visitas. Ali, havia um sofá grande, pouco confortável, e uma mesa com seis lugares. Um quadro pequeno era o único objeto decorativo no cômodo: era a imagem de uma casa de campo rústica, combinando com a mata hermética – mas serena e convidativa – que circundava o lugar. Podia-se ver um pássaro azul desfocado. Ele fora retratado como se estivesse saindo da habitação em direção à floresta. A julgar pelos contornos da imagem, a ave não fazia esse percurso com facilidade. Parecia que todas as suas energias seriam empregadas na tarefa de voltar até o local para onde seu instinto o impelia.

A porta da sala era de madeira maciça e fora comprada pelos pais de Miriam quando o casal construiu a casa. Era uma porta comum, nem deveria ter sido mencionada. No entanto, seria justamente uma batida naquela porta que mudaria a vida de Baltazar e a de muitas pessoas. Como algo que separa dois lugares, aquela porta dividiria dois mundos, duas vidas distintas. Uma anterior e uma posterior àquela visita.

O primeiro som ocasionado pela primeira batida funcionaria como o início de um cronômetro contando os segundos de um novo tempo.

A BÍBLIA

Também havia uma estante, com poucas obras literárias. A Bíblia era o único livro que ficava em cima do móvel. A julgar pelo seu estado, provavelmente fora transferida entre as gerações da família de Miriam. Ela ficava aberta quase simetricamente ao meio – o que levava a crer ter sido essa a intenção de quem a colocara lá –, como um objeto de decoração.

No entanto, fora sublinhado a lápis um pequeno trecho: "Porque o medo não é outra coisa senão o desamparo dos auxílios da reflexão; menos contamos interiormente com eles e mais alarmante parece ser a causa oculta do tormento" (*Sabedoria de Salomão*, 17:12-13).

Ao final da história, será possível descobrir quem tinha deixado a Bíblia aberta naquele trecho e o grifado.

As refeições eram feitas sempre com todos juntos. Os filhos não entendiam muito bem o porquê dessa cerimônia, pois as conversas eram raras e de curta duração. Os poucos diálogos eram iniciados por Baltazar sempre quando pressentia que o silêncio poderia incentivar Miriam com suas reclamações costumeiras. Geralmente, ele perguntava sobre a escola. Como os três estudavam no mesmo colégio, as crianças achavam que, se um respondesse, respondia por todos. Essa tarefa quase sempre cabia à Ana.

Quando Baltazar falava do emprego, era sobre o corte de funcionários ou o possível atraso de salário. Pensava: se falasse nessa ordem, inibiria Miriam de resmungar porque a demora do pagamento era pior do que a demissão. As conversas duravam a medida exata para o término das refeições. Eram extremamente rápidas. Não havia rezas de agradecimento. Se Miriam propusesse fazê-las, ninguém se oporia, mas nunca passou pela sua cabeça tal cerimônia.

***

Baltazar tinha 43 anos. Porém, sua aparência remetia à de um homem mais velho. Sua face imberbe evidenciava os olhos negros e fundos, que destoavam da pele pálida. O cabelo liso e ralo ficava quase sempre escondido pelo chapéu surrado. "Gosto das coisas boas e simples da vida!", dizia às vezes. Nunca nenhum dos filhos chegou a perguntar o que aquilo, de fato, significava. Gostava de repetir as palavras, principalmente para Miriam. Ela reclamava cada vez mais da escassez que os acompanhava desde o casamento.

O casal era estranhamente diferente. Os dois combinavam apenas com relação à educação dos filhos e ao amor por eles. Baltazar amava-os sinceramente e projetava nas crianças um futuro diferente do seu. Certa vez, disse no jantar: "Vocês têm um pouquinho do seu pai, e eu tenho muito de vocês no coração!". Sempre proferia essas palavras na presença dos três juntos.

Miriam amou os filhos de imediato. A pouca expectativa agora incrustada no cerne do seu ser não estava presente quando concebeu os descendentes. Seus sonhos frustrados se desmancharam com a esperança de ver neles o revigorar dos seus anseios. Mas assim que a mediocridade refletida em cada um dos herdeiros adentrou custosamente os olhos da figura materna, o espírito enrijeceu a parte mais forte, aquela que representa o último lampejo entre o imaginar redentor e a realidade sufocante. Amava-os, sobretudo, porque eram parte dela. Em nada isso desqualificava seu sentimento: amar é ver a si mesmo no outro.

***

Baltazar não se orgulhava do emprego. Sentia apenas certo contentamento quando alguém lhe perguntava onde trabalhava. Isso porque era empregado de uma grande companhia ferroviária e achava que isso pudesse mascarar – mesmo que por alguns instantes – a pouca relevância de sua função.

Fazia a mesma coisa há vinte anos: trabalhava na manutenção dos trilhos. Era um serviço extremamente exaustivo para o corpo e pouco relevante para o espírito dos que se julgavam superiores a ele.

As únicas alterações de rotina ocorriam quando, em alguma das doze cidades pelas quais o trem passava, exigia-se mais operários para a manutenção dos trilhos. Tal acontecimento não ocorria com regularidade, para a alegria de Baltazar: ele não gostava de mudanças em seu cotidiano. Entretanto, contentava-se com alguns dias afastado de Miriam.

Desde que começara seu trabalho, sempre ouviu boatos – que ora ou outra mostravam ter fundamento – sobre a iminência de um corte de funcionários no próximo verão, quando as manutenções eram menos realizadas devido às fortes chuvas. Como todos os outros, Baltazar sempre se preocupou com a perda do emprego. Não existiam muitas alternativas na cidade, e ele dispunha de poucas habilidades capaz de executar. Com a retomada dos boatos, todos buscavam ressaltar qualidades inexistentes – até mesmo contraproducentes – para a tarefa desempenhada. É nessas ocasiões que mais facilmente são perceptíveis os esforços das pessoas em mostrar aos outros uma face desconhecida. Não só àqueles que a contemplam, mas a si mesmas.

Baltazar mantinha a singularidade incapaz de dissimular outro ser, outra existência. Reconhecia suas limitações não só em seu trabalho como também na vida. Essa era uma característica pouco reconhecida socialmente, mas sempre atraía a confiança de alguns e a inveja de outros. Contudo, nossos personagens viviam em um mundo que cada vez menos exigia a preocupação com cultivar as virtudes atreladas à excelência da alma.

O operário se esforçava para cada trilho estar perfeitamente alinhado. Empreendia um grande esforço na tarefa de organizar um destino certo para o trem. Sem saber, seu ímpeto de conseguir ordenar tal caminho era movido pela vontade de eliminar as incertezas que ditavam sua vida desde o seu nascimento.

***

Miriam foi uma mulher bonita em sua mocidade, mas os 18 anos de casamento já lhe haviam roubado quase todos os belos traços femininos. Quando se casou, carregava consigo a ideia de que o matrimônio era capaz de alterar tanto sua vida como a atmosfera ao redor. Pensava ser a união capaz de mudar seus sentimentos, suas vontades e até sua sorte.

Ela rapidamente se desiludiu com o casamento. No entanto, não tinha muita culpa por isso, já que fora direcionada a pensar como uma mulher crente na imagem redentora do enlace matrimonial. Não percebeu que a expectativa criada com o conúbio excluía a personalidade masculina – relegada a um mero apêndice desnecessário. Talvez seu erro tenha sido acrescentar suas expectativas a Baltazar: para ela, assim como o casamento seria capaz de transformá-la em uma mulher mais completa, também faria o marido mais interessante. O fato é que se aproximou demasiadamente de Baltazar a ponto de não conseguir enxergar senão suas imperfeições. Toda aproximação excessiva acaba por exaltar aquilo que não se viu ou não se quer ver. Todo amor se nutre das fantasias que são alimentadas pela distância.

Miriam começou a entender que relatar as frustrações do casamento em nada modificaria as expectativas construídas no passado acerca dele. Aprendeu que os devaneios devem ser vividos por cada um ao seu modo. Fora criada para acreditar em um conto de fadas e incentivada a alimentá-lo.

***

Ana, a filha mais velha, era uma menina extremamente esperta e agitada. Não era uma boa aluna na escola porque sua peraltice dificultava a aprendizagem. No entanto, sua simpatia e beleza impeliam os colegas a compensarem suas dificuldades atreladas à vida acadêmica.

Era uma garota alegre, cuja vivacidade refletia-se nas roupas. Nem Baltazar nem Miriam tinham percebido que as extravagâncias de Ana cessavam quando as atenções da casa se voltavam para ela. A viveza da menina em nada suprimia a necessidade das pessoas em sua vida. Ana gostava de pensar que era uma moça livre, embora sua liberdade sempre esbarrasse na dependência dos outros: ora dos pais, ora dos amigos, ora de si mesma.

O filho do meio, Mateus, tinha algumas semelhanças com a mãe, mas trazia consigo coisas que ele mesmo não gostava nos pais. Dava muita importância às questões materiais e pouca às virtudes do espírito. Gostava de se exibir e era prático, como Miriam. Tinha certo talento para esportes devido à sua condição física, e isso obviamente atraía muitas moças.

Era o mais alto da casa, com seu 1,85m de altura, e tinha uma verborragia incomum para sua árvore genealógica. Comportava-se com naturalidade, porque o mundo lhe era pouco hostil devido à aparência física.

Edgar, o caçula, era certamente o mais inteligente e quieto dos três. Os intelectos atentos sabem que as existências complexas exigem mais tinta para descrevê-las.

O menino não se parecia com os pais em quase nada. Exemplo vivo contra as teorias e suas tentativas de atribuir características psicológicas à herança genética. Por mais que buscassem um antepassado que, porventura, tivesse semelhança com ele, tal empenho se mostraria inútil. Edgar carregava dos pais apenas o sobrenome insignificante.

Era um ótimo aluno e tinha habilidade, principalmente, com números. Suas notas só pioraram no período em que o professor lhe ordenou a ajudar os colegas menos afortunados com a inteligência abstrata. A mesma dificuldade que os outros tinham de aprender os conteúdos teóricos Edgar demonstrava para se relacionar com os demais alunos da turma. Não era por falta de empatia, isso ele portava em grande conta: era por conta do constrangimento que sentia ao lidar com outras pessoas. Felizmente, com o tempo, passou a aceitar melhor as limitações alheias e, ironicamente, sua profissão faria o jovem se aproximar da fragilidade humana no futuro.

Depois de tentativas frustradas, Edgar refletiu sobre como sair daquela situação. Foi quando pensou: "Se não for tão bem nas provas, não poderei ajudar os outros com a matéria". E assim o fez. Tinha uma personalidade fleumática: ao mesmo tempo em que ela o impelia para os estudos, afastava-o do convívio social. Sentia-se bem com o ar entediante de sua casa quando não estavam Ana nem Mateus.

O caçula parecia-se com a mãe apenas no quesito da religião. Costumava acompanhá-la com empolgação aos cultos. O silêncio que reinava entre as orações era, para ele, algo estranhamente reconfortante. Não entendia algumas palavras e parábolas citadas pelo pastor, mas elas faziam sentido quando sua mãe lhe explicava alguns detalhes. No entanto, à medida que ia compreendendo certas coisas, outras aguçavam sua curiosidade. "Será que a frase 'cobrir um santo para descobrir outro' é por causa disso?", pensou certa vez.

Quando algo o incomodava, a única pessoa para quem perguntava era sua mãe. As respostas surgiam tão rápido e naturalmente que Edgar balançava a cabeça em sinal de compreensão mesmo quando não entendia a explicação. Outras vezes, buscava na Bíblia a solução para suas inquietações, o que só agravava seu ímpeto por respostas, pois não conseguia sanar suas dúvidas ao consultá-la. Com frequência, pensava que era muito novo para entender aquelas coisas. Outras vezes, mais irritado, achava que ela não lhe fornecia as informações desejadas.

Apesar de inteligente e curioso, Edgar só tinha 14 anos, e seus questionamentos não poderiam extrapolar muito o que um menino daquela idade conseguia escrutar em matéria de religião. Por um lado, isso facilitava as respostas de sua mãe. Por outro, a idade não permitia ao menino ficar pensando muito nessas questões. Talvez a pergunta mais complicada com que tenha se deparado foi pensar: se tivesse nascido em um país totalmente diferente, sua mãe seguiria a mesma crença? Essa dúvida Edgar nunca exteriorizou para ela. Intuiu que a resposta não contemplaria a dimensão daquela questão e não pensou por muito tempo nisso.

O ACIDENTE

Às seis horas, Miriam acordava as crianças para irem à escola.

— Vamos! Vamos! Vamos! Vamos! Vamos! — exclamava ela, sempre cinco vezes. Um "vamos" para cada um dos filhos vivos e mortos.

Nesse mesmo horário, Baltazar ouvia o estalar de seu relógio de ponto. Já havia trabalhado nos três períodos disponíveis na manutenção, e agora estava naquele que mais gostava. O período da manhã tinha menos funcionários devido ao maior fluxo de consertos realizados na madrugada, quando os trens não circulavam.

A rotina de Baltazar só foi interrompida nas duas vezes em que se acidentou no serviço. A primeira, mais preocupante, ocorreu quando foi dar um passo para trás, esbarrou no trilho paralelo e bateu a coluna. Esse acidente lhe rendeu quinze dias de afastamento e boas risadas dos colegas. Os incidentes não eram incomuns; uma hora ou outra todos acabavam sofrendo algum dano mais ou menos grave. "Nunca ninguém morreu!" Essa frase era dita sempre, com ênfase, pelos empregadores ao recrutarem novos funcionários.

Porém, as mutilações e as queimaduras por solda elétrica, não tão incomuns, não entravam no primeiro diálogo entre patrão e empregado. Na segunda vez, Baltazar marretou acidentalmente o dedo, e isso lhe rendeu somente o fim do expediente. A dor prosseguiu por semanas, mas só ficou longe do serviço por duas horas. Esse acidente cômico também era o mais corriqueiro. Isso talvez explicasse o fato de ninguém zombar do acidentado quando ocorria. Pelo aspecto costumeiro, de piada repetida, o fato é que tanto o acontecimento jocoso quanto o dramático esgotam a capacidade humana de responder a eles quando se tornam exaustivos.

Depois do primeiro acidente, Baltazar recebeu inúmeras pessoas em sua casa. Primeiro, dos colegas de serviço; depois, de familiares distantes. As visitas feitas nessas ocasiões são uma prévia do que será o velório: pessoas vêm de longe, ausências são justificadas e promessas são feitas. O curioso nisso poucos conseguem perceber: os velórios podem proporcionar maior tempo com os mortos do que as visitas com os vivos.

Os únicos que voltaram, nesse hiato entre os acidentes, foram Nestor e Donizete.

— Como está nosso presidente? — perguntou Nestor.

Baltazar recebera esse apelido por ser tão dedicado ao serviço que parecia ser o presidente da companhia de trem. No entanto, nem todos o chamavam assim: não era um apelido ofensivo para ele.

— Estou pronto para outra! — exclamou Baltazar.

— Você precisa voltar logo para limpar os trilhos. Já separamos a escova de dente! — brincou Donizete.

Se alguns não chamavam Baltazar de presidente, todos buscavam tirar sarro da sua devoção excessiva ao trabalho. Ela era despretensiosa, mas parte dos funcionários o considerava interesseiro.

— Quando você não está, sobra muito serviço para a gente. Se o dono descobre, vai mandar todo mundo embora — gracejou Nestor.

— Tenho que cuidar de quatro crianças agora! Se ao menos tivesse batido a cabeça, quem sabe teria colocado um pouco de juízo nesse homem. Até para dar banho precisa de ajuda. Santo Deus! Não achei que um homem tão magro fosse tão pesado — resmungou Miriam da cozinha. Ela sempre acompanhava as visitas e as conversas do marido.

— É o peso das virtudes! Homem como esse não há, dona Miriam. Oh, homem ruim de achar defeito! — retrucou Nestor.

Após essas palavras, Miriam só faltou avançar nos dois e colocá-los a pontapés para fora de casa. Ela poderia passar horas falando mal do marido, e seu assunto predileto era o baixo salário de Baltazar. Ambos não poderiam imaginar que, em breve, passariam por uma reviravolta capaz de mudar drasticamente a situação financeira da família.

***

Passados quinze dias, o marido voltou ao trabalho. Antes de iniciar a rotina, foi convocado a comparecer à sala da chefia. Baltazar pressagiou sua demissão. Evidentemente, isso não fazia sentido, pois era o melhor funcionário da empresa e seu acidente poderia ser considerado como de baixa gravidade.

— Como o senhor está? — perguntou o presidente, o verdadeiro. Ele raramente era visto por lá.

— Estou bem! Com um pouco de dor ainda, mas...

— O importante é que está de volta, com fôlego renovado! — disse o patrão, já com tom de encerrar a conversa para ambos voltarem às suas funções. — É sempre um prazer revê-lo, Baltazar. E lembre-se de que pode contar conosco em todas as ocasiões.

— Obrigado, senhor!

Baltazar não poderia imaginar que, em breve, teria um novo encontro com o presidente. Um encontro capaz de mudar sua vida para sempre.

UM FORTE ESTRONDO

A paisagem para aqueles homens já perdera todo o encanto. No entanto, o ar fresco que balançava a alta vegetação promovia ondas belíssimas e um som suave. Não fossem as batidas das marretas e o barulho do trem quando vinha em sentido contrário, era possível vislumbrar um belíssimo quadro.

— Baltazar, como foi com a Miriam nesses quinze dias? — perguntou Nestor entre uma marretada e outra. Eles desenvolveram a habilidade de perguntar e responder entre as batidas.

— Foi pior do que trabalhar! Às vezes, esqueço que tenho chefe aqui, mas nunca esqueço que tenho um em casa. O que compensou foi a diversão quando ela me ajudava a tomar banho. Ficava resmungando o tempo todo, e eu tinha que disfarçar o sorriso. Deixava cair água nela de propósito! Ela ficava mais molhada que eu — contou Baltazar, sorrindo.

— Você é um santo, homem!

— Sou nada. Santo não machuca as costas.

— Talvez as asas, sim — brincou Donizete.

— Sou um santo ou um anjo? — perguntou Baltazar.

— Não sei. Qual fica mais perto de Deus? — Donizete devolveu a pergunta em tom jocoso.

— Baltazar, será que no Céu a Miriam vai te dar paz? — perguntou Nestor.

— E ela vai para o Céu? — antecipou-se Donizete, brincando com o amigo.

— Mas Miriam tem suas qualidades, gente. Vocês é que só veem o lado ruim — defendeu o marido.

— E já descobriu alguma? — satirizou Nestor.

— Já! É que ela é tão chata que logo esqueço — respondeu Baltazar.

Tanto Nestor quanto Donizete eram casados e tinham filhos. O primeiro tinha quatro, e o segundo, três. Nenhum deles levava uma vida conjugal tão conturbada quanto Baltazar, mas também não é possível dizer que eram mais felizes. A aparência de tranquilidade pode esconder a mais profunda tristeza.

— Tem alguma novidade? — perguntou Baltazar.

— Só do Martins, que foi para o período da noite. Estavam precisando de um funcionário e perguntaram quem tinha interesse. Como ninguém se prontificou, escolheram o Martins.

— E alguém sabe por quê?

— Dizem que é porque ele tem só um filho, mas não dá para ter certeza — respondeu Nestor.

— E por que você não se ofereceu, já que dorme tarde e vive bocejando no trabalho? — provocou Baltazar.

— Quem é que consegue dormir com quatro crianças em casa durante o dia? Iria acabar dando uma marretada na minha cabeça! — respondeu Nestor, arrancando risadas dos amigos.

— Também, você tem uma creche. Sua casa deve ser mais barulhenta que isto aqui — disse Donizete, dando uma marretada mais forte no trilho.

***

Um forte estrondo foi escutado por pelo menos três das doze cidades que compunham a linha ferroviária. Depois de alguns minutos, já era possível ver a fumaça a quilômetros de distância. Baltazar, Nestor e Donizete só ficaram sabendo do acidente no dia seguinte, quando chegaram ao galpão da manutenção. As informações ainda não eram precisas. A única confirmação foi o local do ocorrido – a quatro cidades de lá – e os funcionários que estavam no trem, todos do período da noite.

Foi o primeiro desastre com um trem. Ninguém sabia ainda se alguém havia sobrevivido. Após algumas horas, os operários foram dispensados para suas casas. No caminho de volta, houve pouca conversa entre os três amigos. Cada um estava imerso em seus pensamentos:

"Caramba! Eu poderia estar naquele trem."

"Será que alguém sobreviveu?"

"Acho que agora vão acabar descobrindo as condições em que a gente trabalha."

Eles só voltaram a trabalhar depois de duas semanas. Nesse período, já sabiam que todos tinham morrido. Ainda não havia a confirmação da causa do acidente.

O presidente da companhia nunca tinha sido tão visto. Ele passava o dia inteiro em sua sala, em reuniões com supervisores, peritos contratados pela empresa, funcionários da prefeitura e até com policiais.

Depois que toda a cidade ficou sabendo, isso se tornou o único assunto nas conversas. Para alguns moradores, aquele tema havia rompido o tédio costumeiro.

Todos os enterros foram realizados com os caixões fechados. Baltazar e seus amigos compareceram aos dezesseis funerais. Não conheciam ninguém tão bem a ponto de sentirem uma forte tristeza, mas era impossível não visualizarem seus próprios velórios em cada um daqueles que presenciaram.

Depois do desastre, as igrejas da cidade ficaram cheias durante todas as missas e cultos, assim como os bares. Cada um, ao seu modo, buscava nesses lugares diminuir a aflição daquele momento.

AS FESTAS DE RENOVAÇÃO DO ESPÍRITO

Somente Miriam conseguia romper brevemente o tédio da casa ao incluir todos nas festas religiosas que compunham o breve ciclo particular da renovação do seu espírito. Para cada integrante da família, dava uma tarefa específica. Sabia que sua leniência resultaria, novamente, na enfadonha normalidade.

Com Ana, gostava de cozinhar. Com Mateus, preferia decorar a casa. E com Edgar, falava sobre a importância da ocasião. Era a trégua necessária. Nessas datas, recebiam alguns parentes de Miriam e os dois amigos de Baltazar. A mulher só não conseguia dissociar a presença dos convidados do marido dos inconvenientes atrelados ao trabalho dele: brutalidade, barulho, baixo salário, suor, escassez...

Entre os convidados da esposa, curiosamente, não havia ninguém da igreja. Certa vez, Edgar perguntou se existia algum motivo, ao que Miriam respondeu prontamente:

— Eles têm suas famílias e nós temos a nossa.

Ninguém se atreveu a questionar, cada um por um motivo. Baltazar porque nem sequer suscitou um esboço de averiguar interiormente as palavras da mulher. Ana porque não se importava com quem viria, desde que dividisse o tempo entre sua casa e a da melhor amiga – preferência mudada constantemente. Mateus porque acreditou na mãe. O único sabedor da verdadeira resposta foi justamente o autor da pergunta, mas ele nunca ousou falar com a matriarca sobre isso.

Edgar sabia que a mãe não tinha amigos na igreja. Miriam empregava a mesma praticidade imposta a todas às suas ações também nos conteúdos religiosos e afetivos. Mantinha uma fé irrefletida que poderia facilmente ser confundida com uma culpa ou com um último suspiro do desespero humano. Isso explicava por que suas relações sociais estavam reduzidas aos laços sanguíneos de pouca vitalidade.

Sobre esse aspecto, Baltazar certamente era diferente de sua mulher. Convém frisar que não se tratava de uma disputa entre os dois. Todas as relações humanas, quanto mais íntimas se tornam, mais facilmente podem ser descritas como um conflito entre dois mundos. E um relacionamento concerne mais à aceitação da fraqueza do outro do que à exaltação de suas qualidades. Não são as virtudes, mas os vícios que emergem e perduram nas relações humanas.

As amizades de Baltazar eram sinceras. Não havia nada, a não ser ele próprio, que o homem pudesse dar em troca para merecê-las. Se sua paciência era dissonante do mundo, não o era na construção de laços duradouros. Seus dois únicos amigos eram Nestor e Donizete. Conversavam comumentemente sobre os ocorridos engraçados do trabalho, os planos do que fazer nos próximos feriados e as expectativas de um aumento. Falavam raramente sobre as demissões ou os atrasos de salário.

Dos filhos, Edgar era o único que acompanhava as conversas do pai. Não por curiosidade, mas por distração, já que a mãe o proibira de ficar no quarto sozinho nessas ocasiões. E dos grupos que dividiam a casa, aquele formado pelo pai e seus amigos era o que mais atraía a curiosidade do menino. Podia ficar lá sem qualquer perigo – Miriam já fizera a inspeção do conteúdo recorrente nos diálogos – de ouvir algo inapropriado ou que não fosse capaz de entender. Eram raros os momentos nos quais algo passava despercebido.

Baltazar e os amigos falavam com frequência das pequenas dívidas de jogo, contraídas durante a hora do almoço. O jogo praticado era o de dados. A falta de perícia dos participantes em relação a jogos mais elaborados e a escassez de tempo favoreciam a atividade.

Mateus era o que mais transitava pelas rodas de conversa. Tinha uma curiosidade inútil de saber sobre a vida das pessoas. Começava a deambular até pressentir a possibilidade de o assunto redundar em uma particularidade sobre a vida alheia. Era do tipo que tirava vantagem quando algum segredo adentrava seus ouvidos. Guardava-os para si como um recanto de informações engraçadas e desconectadas até que pressentia o momento certo para utilizar as vantagens proporcionadas pela circulação em diferentes ambientes. Seus irmãos foram as primeiras vítimas dessa característica, advinda de uma herança desconhecida por todos.

Ana era a que ficava mais entusiasmada dos três. Gostava da movimentação da ocasião, mesmo se a repetição e a falta de novidade acompanhassem as celebrações na sua casa.

Baltazar e Miriam não poderiam prever, naqueles tempos, que Ana seria a mais bem-sucedida dos filhos, mesmo com sua mediocridade intelectual.

É interessante, até perturbador, notar que cada um dos filhos de Baltazar – assim como cada indivíduo – teria uma vida com mais ou com menos empecilhos se tivesse vivido em outro mundo, em outro momento da história. Cada indivíduo encontraria harmonia em um instante específico, no qual recobriria de sentido uma vida incongruente.

O espírito curioso e perspicaz de Edgar certamente teria sido muito útil entre os filósofos e matemáticos gregos, assim como o vigor físico de Mateus lhe renderia boas vitórias em combates medievais.

E naquele momento, era a praticidade, a ambição e a beleza de Ana que contariam. É claro, se o entendimento de bem-sucedido for relacionado àqueles que chegam mais perto de realizar seus desejos. Como Ana sempre almejou muito, o mínimo que conseguiria ultrapassaria – e muito – seus irmãos.

Os desejos realizados nem sempre resultam em uma vida feliz. Foi Ana quem constatou isso na prática. Depois de longos períodos refratários, diante da inelutável presença do incerto, capazes de ruir qualquer felicidade construída perante a insuficiência humana, percebeu que seus desejos estavam presos à efemeridade dos bens materiais pelos quais ambicionava. Não é possível culpá-la. Fora a que mais sentiu a escassez e pensou que o extremo oposto do que vivera seria o suficiente para sua felicidade.

Ao final das festas, voltava tudo à normalidade. A energia e o entusiasmo que Miriam repunha naquele período logo se esvaíam no dia a dia. A apatia espiritual de Baltazar orientava-o a buscar sempre o que lhe parecia mais cômodo. Evitava a todo custo as amarguras da frustração. Agia em um automatismo inerte diante do mundo, incapaz de esboçar qualquer ação que pudesse contrapor os caminhos impostos pela vida.

Não é justamente essa inércia a responsável por alimentar e manter a opressão e a desigualdade entre os homens?

É preciso esclarecer. Os dois agiam primeiro, e primordialmente, para satisfazer as exigências impostas a si mesmos. O outro, o mundo, vem com a diminuição das imposições naturais, quando o espírito está seguro de que a ação não colocará sua própria existência ao azar. O espírito fala a si mesmo, continuamente: "Não nos deixe cair em tentação e livrai-nos do mal, amém!". O altruísmo é tão estranho à espécie humana.

O DILEMA DE BALTAZAR

Depois do grave acidente e das mortes, Miriam mudou o comportamento com Baltazar. Estava mais paciente com os defeitos do marido e não reclamava mais do seu trabalho.

Uma batida à porta em um domingo não era algo corriqueiro em sua casa. Foi Edgar quem escutou, depois que a batida ficou mais forte. Ele não conhecia nenhuma das duas pessoas bem-vestidas à sua frente. Por uma fração de segundo, pensou serem da igreja, mas logo percebeu que nunca as tinha visto na vida. Suas suspeitas foram desfeitas após o sujeito alto e gordo perguntar:

— Baltazar está?

Edgar deu um berro chamando sua mãe. Depois, gritou pelo pai. Miriam foi a primeira a chegar à porta. Fez uma leve expressão de surpresa quando viu os dois homens desconhecidos.

— Bom dia, senhora! Você deve ser a Miriam — disse o outro estranho, com aparência mais amistosa.

— Sim, bom dia! Vocês são...

— Eu me chamo Pedro. Sou o encarregado da seção onde trabalha o Baltazar. Esse é o senhor Geraldo, o presidente da nossa companhia.

Ao final da frase, Miriam sentiu o coração pulsar mais forte. Logo, veio à sua cabeça a demissão do marido. Só depois de alguns segundos conseguiu raciocinar que eles não iriam até lá, em um domingo, para demiti-lo. No instante em que concluiu isso, Baltazar chegou à sala. Sua surpresa foi percebida por todos.

Pedro era um homem de quase trinta anos. Seu pai fora amigo de infância de Geraldo. Quando chegou à maioridade, o pai disse a Geraldo que a ambição do filho poderia ser útil para a companhia. Geraldo tinha quase a idade de Baltazar, mas estavam separados por mundos completamente diferentes, de possibilidades e de caráter. Era o filho único de uma das primeiras famílias da cidade.

— Bom dia, Baltazar! — cumprimentaram os dois homens ao mesmo tempo.

A resposta quase não saiu da boca do anfitrião.

— Sentem-se, por favor! — convidou Miriam. A reação do marido tinha deixado ela mais perplexa.

— Bem, não queremos tomar muito o tempo de vocês... — começou o chefe de Baltazar, mas logo foi interrompido por Geraldo.

— Na verdade, se pudéssemos falar a sós com você, Baltazar... — corrigiu, olhando para seu subordinado.

Miriam ficou incomodada, mas fez uma atuação primorosa ao concordar com o pedido do homem que, de um modo diferente, a atraía. O poder sempre a seduziu.

— Claro! Claro! — disse ao se afastar da sala e fazer gestos para os filhos. A essa altura, eles já estavam curiosos com a presença dos dois estranhos. — Vamos! Deixem o pai de vocês conversar.

Baltazar se sentou e acenou com as mãos para os dois visitantes também se acomodarem.

— Como eu disse, Baltazar, não pretendemos tomar muito o seu tempo. Mas antes de começar, vou lhe pedir para que a nossa conversa permaneça só entre nós — disse Pedro. — Sei que você é um homem casado e, certamente, sua esposa vai querer saber do que se trata. Então, ela poderá saber do assunto... Na verdade, da nossa proposta. Mas pedimos que seus filhos e qualquer outra pessoa não fiquem sabendo do que vamos tratar. Isso prejudicaria tudo.

Enquanto ouvia aquelas palavras, Baltazar voltou a sentir seu coração bater mais rápido. A última vez que os batimentos saíram da normalidade fora na morte do último filho.

— Sim, sim, claro! — respondeu sem refletir muito.

— Baltazar, como você sabe, nós estamos passando por um momento muito difícil na companhia. A tragédia... As mortes foram traumáticas demais para todos nós — agora era Geraldo quem tinha começado a conversa. — Pensamos muito em como resolver o problema da melhor forma, mas qualquer decisão exigirá sacrifícios de todos.

Baltazar apenas balançava levemente a cabeça enquanto ouvia.

— Nós, como deve saber, estamos sendo investigados pelo acidente, embora estejamos seguros de que não tivemos nenhuma culpa no ocorrido, evidentemente. Foi uma fatalidade!

Todos os funcionários tinham consciência das péssimas condições de trabalho, do número reduzido de empregados, da falta de equipamentos adequados, da precariedade dos trens e dos trilhos. Qualquer um poderia prever que um dia algo mais grave iria acontecer. Só não podiam imaginar a proporção do acidente nem o número de vítimas fatais.

— Bem, o tempo dirá que estávamos certos e que sempre fizemos tudo que estava ao nosso alcance. O que viemos lhe pedir hoje, Baltazar, é que se junte a nós para resolvermos essa situação da melhor forma.

Baltazar não conseguia encadear as ideias para supor qual seria o pedido. Também não sabia qual era o momento certo para falar, para responder. Continuou apenas acenando com a cabeça.

— Baltazar, você é o melhor funcionário da manutenção. Nós reconhecemos que pecamos em não lhe dar o devido valor — Pedro tomou a palavra. — Mas algumas situações acontecem para que a gente repense nossas ações e prioridades.

Nos quase vinte anos em que Baltazar trabalhou na companhia, nunca um chefe tinha trocado tantas palavras com ele.

— Já tomamos seu tempo demais. Vamos ser claros e contar por que viemos aqui hoje — disse o presidente. — Estamos aqui para lhe pedir que testemunhe a nosso favor, assegurando que todas as manutenções, todos os trilhos e todos os trens estavam em ordem. — Os presentes naquela sala sabiam que aquilo era mentira. — Você pode nos ajudar com relação a isso? — perguntou o presidente.

Baltazar, sem refletir muito, balançou positivamente a cabeça e concordou. Estava sentindo uma angústia incomum.

— Há outra coisa que queremos lhe pedir — continuou o presidente. — Como a parte mecânica não causou o acidente, teremos que focar em outro ponto, outra causa... Veja, peço que não nos julgue mal, mas não conseguimos pensar em outra saída.

Miriam – assim que mandou as crianças para o quarto, ela tinha dado a volta pela cozinha e ficara escutando toda a conversa embaixo da janela da sala – estava consumida pela curiosidade. Até esqueceu-se da situação ridícula na qual se encontrava. Seria cômico alguém pegá-la naquela posição.

— Reforço que o sigilo deve ser total. Nosso outro pedido... — o presidente passou a mão vagarosamente em sua barba — ...é que você afirme ter visto o Mathias ingerir bebida alcoólica algumas vezes durante o trabalho.

Após terminar aquela frase, Miriam sentiu uma comoção incomum pelo marido. Baltazar se levantou e passou a mão na cabeça. Involuntariamente, voltou-se em direção à estante e procurou a Bíblia, que não tinha hábito de ler. Naquele momento, não conseguia dizer nem um sim nem um não. Mal conseguia pensar.

Mathias era um dos poucos negros da cidade. Tal condição fez com que aprendesse muito cedo que seu empenho e sua habilidade sempre seriam questionados. Tornara-se rapidamente o melhor maquinista da companhia, mas todos sabiam do seu problema com a bebida que o acompanhava desde a mocidade. Em certos períodos, conseguia se manter sóbrio durante o serviço; em outros, não. A única ação da empresa fora colocá-lo no período da manhã por acreditar ser menos propício para a ingestão de álcool.

Nunca ninguém cogitou que seu alcoolismo pudesse estar relacionado ao sofrimento constante de ter transmitido aos filhos a cor da sua pele e o martírio atrelado a ela. Cada existência busca, ao seu modo, minimizar o que é comum a todos, e só um olhar mais atento poderia revelar que as agressões contra o corpo, ou contra o espírito, nem sempre visam esquecer uma condição insuficiente. Algumas vezes, buscam justamente ressaltar as fissuras deixadas ao longo da vida, que ninguém ousou cicatrizar.

No dia do acidente, Mathias estava fazendo hora extra no período noturno, cobrindo a folga de um colega.

— Pedimos esse esforço para assegurar o emprego de todos na companhia — outra mentira contada, agora por Pedro.

— Veja, Baltazar! — começou o presidente. — Nós sabemos que é um pedido delicado, mas tivemos o cuidado de conversar com a viúva e oferecer uma ajuda à família. Ela entendeu que era o melhor a fazer e aceitou nos ajudar.

Baltazar ficou perplexo. Miriam, instantaneamente, pensou se faria a mesma coisa: "Teria aceitado dinheiro em troca de culpar meu marido morto por uma coisa que ele não fez?". Não quis pensar mais naquilo e dar uma resposta a si mesma.

— Viemos aqui hoje, no domingo, porque terá o dia para pensar e, caso queira, conversar com sua mulher sobre isso... — Enquanto dizia essas palavras, Pedro se aproximou de Baltazar até ficar a dois palmos de distância. — Você também será recompensado — informou, agora com a voz mais baixa e inclinando-se em direção ao subordinado. — Vamos lhe oferecer um aumento de salário e uma boa quantia em dinheiro.

Após terminar aquela frase, Pedro entregou-lhe um pedaço de papel com o valor. Baltazar pegou o papel, mas não o abriu.

— Talvez esteja se perguntando por que viemos procurá-lo. Como o Pedro disse no começo, você é o melhor funcionário da manutenção. Também é a pessoa com mais credibilidade e discrição. Se pedíssemos isso a qualquer outro empregado, correríamos o risco de pôr tudo a perder.

A conduta de Baltazar o tinha levado até aquele momento, até aquela proposta. Tanto a retidão do caráter quanto sua ausência resultam em caminhos inesperados.

— Você terá que dar sua resposta amanhã, até o final do expediente — disse Pedro. — Infelizmente, não podemos lhe oferecer um cargo de chefia, porque isso levantaria suspeitas. Mas aquilo que estamos lhe oferendo, certamente, poderá ajudar no futuro das crianças.

Essas últimas palavras fizeram o coração de Miriam acelerar. O casal nunca ficaria sabendo, mas Pedro conversara com alguns funcionários para especular sobre a mulher de Baltazar, se ela era ambiciosa e suscetível às benesses proporcionadas pelo dinheiro. Eles concluíram que sim, por isso permitiram que o marido contasse a proposta para ela.

— Já vamos indo — declarou o presidente, levantando-se. — Pense com carinho em tudo o que está em jogo, Baltazar. Com certeza, você tomará a decisão certa.

Após fechar a porta, o anfitrião ainda ficou por alguns instantes segurando a maçaneta. Só se virou quando ouviu a voz de Miriam atrás dele:

— E então, o que eles queriam?

Baltazar sabia que a esposa tinha arranjado algum jeito de escutar a conversa.

— Diga que você ouviu e me poupe de repetir tudo o que eles falaram.

Miriam não fez cena, mas não tinha conseguido ouvir a proposta do aumento. Nem ela nem Baltazar sabiam a quantia escrita no papel.

— E o que você vai fazer? — perguntou a esposa, dando a impressão de que deixaria Baltazar decidir sozinho.

— Não sei... — Ele fitava o papel.

— Não vai olhar?

Baltazar deu o papel para ela. Queria dividir aquele peso com a mulher. Miriam abriu-o prontamente. Logo que viu a quantia marcada, tinha tomado sua decisão. Aceitaria a proposta.

— E então? — indagou Baltazar.

— Acho que não tem nem o que pensar. Se a mulher do Mathias aceitou, por que você não aceitaria? — Miriam preferiu julgar a viúva a julgar a si mesma.

Baltazar pegou o papel e viu o valor. Demorou alguns instantes para dimensionar os números. A quantia correspondia a anos do seu salário.

— É mais do que pensei.

— E o aumento, é de quanto? — Miriam quis saber.

— 50%.

O valor dado à esposa de Mathias e o oferecido ao Baltazar eram bem menores que o de alguma possível indenização, se comprovada a responsabilidade da companhia pelo acidente.

Edgar chegou à sala e perguntou se poderiam sair do quarto. Miriam disse para eles esperarem um pouco porque precisavam conversar. O caçula obedeceu, mas assim que contou aos irmãos sobre a ordem, Ana pediu para ele deixar a porta encostada. A mãe tinha o hábito de falar alto, e os filhos queriam saber o que estava acontecendo.

— E se você não aceitar, o que acontece? — Miriam questionou, sabendo qual seria a resposta.

— Eles não falaram, mas acho que podem fechar a companhia.

Baltazar era apenas uma peça que faltava, a última, para a companhia se livrar da culpa pelo acidente. Não precisava muito para punir quem já havia passado a vida cumprindo pena.

— Você sabe que esse dinheiro vai mudar a vida dos nossos filhos, né?

— Claro que sei! Acha que não estou pensando nisso? Só estou em dúvida por causa deles — resmungou Baltazar, de costas para Miriam e de frente para a Bíblia.

A mulher começou a desconfiar de que seu marido pudesse recusar a oferta.

— Vou pedir mais tempo para pensar. Não consigo decidir até amanhã.

— E quando vai dar a resposta?

— Ainda não sei!

— Dá uns dez anos do seu salário? — quis confirmar Miriam, que já tinha feito os cálculos em sua cabeça.

— Mais ou menos isso.

Naquele instante, os três filhos descobriram que se tratava de dinheiro, só não sabiam o que o pai precisaria fazer. “Quanto será que deram para a viúva?”, pensou Miriam.

Um pouco antes do acidente, Mathias fora diagnosticado com cirrose hepática. O médico não lhe dera mais do que dois anos de vida. Desde o diagnóstico, buscou fazer horas extras para deixar a família em uma situação menos precária antes de morrer. Obviamente, sua esposa não deu essa informação aos representantes da empresa quando foram procurá-la.

OS PERSONAGENS E SEUS PENSAMENTOS

Em algum momento do presente, do passado ou do futuro, cada um dos nossos personagens pensava em suas prioridades.

"Está tendo muitos acidentes. Isso vai acabar dando problema."

"Preciso aumentar a arrecadação da igreja."

"Acho que estou gostando dela."

"Não vejo a hora de sair daqui."

"Será que neste ano teremos aumento?"

"Vou ser pai de novo."

"Será que é filho dele?"

"Não sei o que fazer no tempo que me resta. Deve ser por isso que a gente não sabe quando vai morrer."

"Será que alguém aqui não aceitaria?"

"Como pode um homem morto valer mais do que vivo? Que mundo desgraçado!"

"Espero não ter que lidar com esses miseráveis por muito tempo."

OS LABIRINTOS DA EXISTÊNCIA

Em casa, Baltazar era parcimonioso. Fazia as coisas sem se preocupar com as constantes reclamações da sua esposa. Miriam tomava aquela postura do marido como um otimismo agressivo, desafiador em relação ao seu bom senso.

O homem quase nunca agiu a partir de uma especulação minuciosa. As causas e as consequências envolvendo sua existência nunca foram examinadas por ele com a devida atenção. Sua vida se resumia a um instinto de sobrevivência diante das ameaças que o mundo constantemente lhe impunha. Nem ele nem Miriam tinham se dado conta disso.

A mulher atribuía ao marido um otimismo enfadonho que em nada o ajudara a elevar sua condição. Ela tinha razão, pois todo instinto volta-se para a manutenção da vida e, portanto, sempre visa mantê-la a qualquer preço, mesmo que de maneira miserável. Para Miriam, o instinto de Baltazar pela vida se assemelhava ao de um urubu à espera da boa vontade do mundo em lhe dar suas sobras.

Baltazar nunca entendeu muito bem sua mulher. Achava estranho ela ser tão deprimida e religiosa. Como não era nem uma coisa nem outra, gostava de pensar que esse era o motivo pelo qual não conseguia compreender os pensamentos e ações da esposa.

Se Baltazar era sereno e pacato, Miriam era prática e melancólica. A praticidade da matriarca era apenas o resultado de uma longa batalha consigo mesma, da qual pouco – ou nada – ela sabia. No fim de um jogo em que todos fazem parte de um mesmo time, mas visam coisas diferentes, o espírito de Miriam lutava constantemente para acomodar seu mundo no labirinto da existência. E se o curso da vida pode ser alterado, é verdadeiro também o fato de nada, nem ninguém, ser capaz de suplantar o desejo. Ele cria para si a dimensão de suas vontades na velocidade em que lhe é suportável.

Miriam gostava de estar a par de tudo. Só não tinha se dado conta de uma coisa: quanto mais colocava as responsabilidades sobre as próprias costas, mais a realidade a arrastava às angústias da vida familiar. Baltazar sempre achou a esposa exagerada em suas demonstrações de descontentamento. Para ele, nada justificava tal comportamento. O homem nunca compreendera que, enquanto seus sonhos ainda vigoravam, os de Miriam jaziam sobre o peso da realidade. Os anseios da mulher eram outros, e também os meios de conquistar cada um deles.

Para ela, não existia muita esperança no breve espaço entre a iminência do sonho e a materialização do fracasso. Se por um lado isso a mantinha isenta de qualquer fantasia enfadonha, por outro a impelia para um realismo perturbador.

Sem distrações e ilusões, nenhum ser que tenha consciência da própria insignificância perante a imensidão do Universo consegue suportar a existência. Durante a vivência de cada indivíduo, são erguidos obstáculos reais e imaginários que não deveriam estar ali, que não faziam parte do labirinto originário da vida. Mas se as ilusões do labirinto servem para dificultar o êxito do andarilho, na mesma medida, são necessárias para ele não enlouquecer diante da constante incerteza.

***

Miriam vinha de uma família mais abastada que a de Baltazar. Teve a possibilidade de viajar mais vezes, e os bens materiais não eram tão escassos.

Nos dezoito anos de casamento, eles conseguiram viajar apenas duas vezes: uma no verão e outra no inverno.

Ambas foram concretizadas com muita economia. O destino não ficava muito longe – fato que causava bastante aborrecimento para Miriam, pois os preparativos para as viagens e as visitas a lugares diferentes lhe proporcionavam um distanciamento da rotina.

No verão, foram à praia pela primeira vez. Nessa ocasião, o lugar estava especialmente cheio. Ficaram lá por cinco dias – era o quanto suas economias permitiam. Não que Baltazar desejasse ficar mais. Ao contrário de Miriam, não gostava de viagens e das mudanças que sua execução exigia. Tiveram bons momentos, e Miriam acreditava no fato de Ana ter sido concebida entre aqueles dias. Sua suspeita nunca foi transmitida a Baltazar: achava irrelevante; afinal, eram só suposições.

Quando pensava naqueles dias, mais memoráveis para ela, rememorava as viagens feitas com os pais na infância e a preocupação apenas com a própria felicidade.

Fora um verão muito quente. A praia só ficava inteiramente vazia durante a madrugada. Durante o dia, ouviam-se muitas vozes e via-se muita gente. Se aquela imagem remetia Miriam ao passado, em Baltazar tinha um efeito contrário: fazia o homem esquecer-se de si e do mundo. Ele pensava em uma vida confortável e sem obstáculos, em uma vivência tranquila, que se harmonizaria com seu espírito. Projetava não muito além do que tivera. Nunca foi muito ambicioso e logo percebeu que não suportaria os percalços impostos a toda alma ambiciosa.

Na segunda vez, conseguiram ir ao mesmo destino. Ana e Mateus já tinham nascido e ficaram com a mãe de Miriam – os pais de Baltazar estavam mortos. Diferentemente da primeira vez, puderam ficar apenas três dias. Novamente, foram as economias que determinaram a duração do prazer. Dessa vez, viajaram no inverno, devido ao preço mais acessível. A praia estava vazia, e o tempo, chuvoso. Ambos não tinham percebido como a mudança do clima os tinha afetado. No verão, em frente ao mar, sob o céu azul, circundados por muitas pessoas, eles não pensavam em suas aflições; já no inverno, diante do mar bravo e do tempo nublado, a imagem desértica conduzia-os a pensar em si mesmos, em suas existências medíocres. Sentiam um incômodo perturbador que parecia perdurar junto com a imensidão do mar.

— Esses dias estão demorando para passar! — asseverou Miriam.

— Também acho. Não me lembro de um dia em que eu tenha olhado tanto no relógio para consultar as horas — confirmou Baltazar.

Ambos estavam circunscritos em uma dimensão introspectiva incomum que aqueles dias haviam proporcionado. Baltazar nunca fora levado a pensar cuidadosamente sobre sua participação no mundo. Os limites do seu pensamento esbarravam em uma projeção fugidia do presente, e qualquer raciocínio vindo à mente era para refutar a inexorabilidade que o futuro pareceria lhe impor.

— Se soubesse que o tempo estaria tão impróprio, teria planejado outro momento para fazermos a viagem — mentiu Baltazar.

Miriam respondeu apenas com um aceno tímido de cabeça, como se concordasse com as palavras do companheiro. Em seu íntimo, porém, estava a certeza da impossibilidade de outra oportunidade. O que parecia ter ocasionado tal sentimento foi o tamanho da expectativa que ambos empregaram naqueles dias. Mesmo contrafeito em relação a viagens, Baltazar saiu do comodismo habitual e fez todos os preparativos de maneira irretocável, sem esquecer nenhum detalhe que, porventura, pudesse servir de queixa à Miriam. Os dois depositaram muito naqueles dias, cada qual com um objetivo diferente. Quando se espera pela chuva em uma cidade solapada pela seca, uma garoa é suficiente para renovar o ânimo de muita gente.

Depois daqueles longos dias, nenhum dos dois se atreveu a falar da viagem, a não ser quando perguntados. Mesmo assim, as respostas em nada se assemelhavam ao que, de fato, tinha se passado. Não havia ocasião nem pessoas capazes de se interessar por aquela viagem. Miriam desconfiava que Edgar fora concebido naqueles dias melancólicos de inverno. Novamente, não compartilhou essa suspeita com o marido.

O PASTOR DE OVELHAS

Miriam foi chamar as crianças para o almoço. Servia a comida quase fria e com pouco tempero.

Os filhos estavam, obviamente, curiosos para saber toda a história, mas nenhum dos três teria coragem para perguntar.

Baltazar permaneceu mais calado do que o normal naquele domingo. Miriam pedira para as crianças não incomodarem o pai, embora eles nunca o fizessem. Era ela quem tinha como predileção essa tarefa.

A esposa ficou pensando em como poderia convencer seu marido a aceitar a proposta, mas já havia utilizado os melhores argumentos. Não queria repeti-los para que as crianças não ouvissem. Tinha dentro de si o medo de transparecer uma má pessoa para os filhos.

Ela só conseguiu sondar a intenção do esposo alguns minutos no quarto, na hora de dormir. Estava angustiada com a possibilidade de Baltazar recusar a proposta no dia seguinte. Pensou na morte dele. Pensou que, se fosse a viúva, tudo estaria resolvido.

Só ficou mais tranquila quando fez o homem prometer não tomar nenhuma decisão antes de comunicá-la.

— Vou pedir mais um dia para responder — afirmou Baltazar.

Agora, ela teria a segunda-feira para pensar em algo que o convencesse.

***

Logo quando chegou à companhia, Baltazar se dirigiu à sala de Pedro. Era o melhor horário para isso, pois sempre era o primeiro funcionário a chegar. Fez o único pedido desde que ingressara na empresa e temia por uma negativa.

— Tudo bem, Baltazar! Fique tranquilo. Sabemos que é uma decisão difícil — mentiu Pedro, mais uma vez. Para ele, seria uma ação muito fácil de ser realizada. Consideraria tal situação uma bênção de Deus.

Baltazar passou o dia pensando em qual seria a conduta dos outros funcionários. Primeiro, pensou nas decisões de Nestor e Donizete; depois, projetou a de todos os outros funcionários encontrados durante o dia de trabalho. Chegou à conclusão de que eles aceitariam: cada um buscaria dar a si mesmo um motivo plausível – e até mesmo louvável – para justificar tal escolha. Quando as pessoas estão dispostas a enganar a si mesmas, estão prontas para mentir para qualquer um.

Enquanto Baltazar vivia o dia mais longo de sua vida, uma batida na porta fez Miriam voltar ao passado.

***

— Boa tarde, Miriam! — cumprimentou uma voz calma, diferente do tom expressivo escutado nos cultos.

Era o pastor da sua igreja. Conheciam-se desde os tempos do colégio, até chegaram a namorar por um tempo. No entanto, a semelhança moral os havia separado.

— Nossa, que surpresa! Não o esperava por aqui — Miriam respondeu de maneira dissimulada, pois odiava receber visitar inesperadas.

— Sei que não deveria vir sem avisar, mas hoje acordei com um pressentimento... com um chamado para visitá-la — começou o pastor.

— Não, tudo bem. Sem problemas — respondeu a anfitriã, com uma diplomacia pouco vista.

— Eu, na verdade, fiquei preocupado. Quando tenho esses pressentimentos, é como um chamado de Deus!

Em situações normais, Miriam não teria acreditado naquela conversa, mas as circunstâncias a deixaram mais frágil. Gerson também sabia que a interlocutora não acreditava naquela baboseira. Entretanto, criara o hábito de mentir há anos para os fiéis, ao ponto de aquelas palavras saírem automaticamente da sua boca.

— Você parece um pouco preocupada. Quer que eu volte em outra hora?

— Não, não! Está tudo bem — respondeu Miriam, que conversaria com qualquer pessoa capaz de ajudá-la naquele momento. — Ouça, Gerson...

Miriam não o chamava apenas pelo nome desde a última vez em que estiveram sozinhos. Ela nunca contara para ninguém, mas suspeitava de que Mateus tinha sido concebido em seu último encontro com ele. Desde então, a dúvida e a culpa foram maiores que o desejo.

— Preciso lhe pedir um favor...

Gerson estava sentado com o dedo indicador da mão direita no meio da Bíblia que carregava. Fazia isso com a mesma naturalidade com a qual contava parábolas emotivas aos fiéis.

— Você sabe que pode contar comigo, Miriam. Sinto que, nos últimos anos, não tenho lhe dado a atenção que merece.

Os dois se conheciam o suficiente para saber que a atenção de Gerson para com os fiéis estava diretamente relacionada à sua condição financeira.

A dona da casa estava atordoada demais, não se deu conta de que seus filhos estavam em casa. Mateus foi o primeiro a ouvir a conversa. Depois, chamou Ana e Edgar.

A matriarca rapidamente revelou a situação ao visitante e pediu para ele falar com Baltazar. Gerson era oportunista, mas Miriam sabia que ele não tinha motivos para contar nada a ninguém. A anfitriã, a princípio, não tinha pensado em pedir ajuda a quem quer que fosse, mas a visita do pastor lhe mostrou uma alternativa capaz de resolver a situação ao seu favor.

Ao ouvir a proposta, cada um dos filhos pensou no que faria:

"Aceitaria."

"Não sei se aceitaria."

"Não aceitaria."

Nunca nenhum deles chegou a perguntar aos outros qual seria a decisão, embora cada um tenha pensado na escolha dos irmãos.

Assim como Gerson nunca soube da suposta paternidade, Miriam também nunca teve conhecimento que o pedido para Gerson visitá-la havia partido de Pedro. Depois de saber da fama do pastor, o encarregado procurou-o e lhe ofereceu uma quantia para ajudar com a decisão do subordinado. Embora nunca tenha recusado uma missão remunerada, o líder da igreja inquiriu Pedro ao dizer que Baltazar não parecia ser uma pessoa religiosa, pois nunca tinha frequentado os cultos com Miriam.

— Você precisa apenas fazer com que ele se sinta culpado se recusar... pela esposa, pelos filhos, pela vida eterna, pelos diabos! E você já tem o manual para isso — esbravejou Pedro, olhando para a Bíblia que Gerson segurava em suas mãos. — Não vai ser difícil encontrar alguma coisa que convença aquele cabeça de bagre!

Gerson fez mais uma atuação perfeita de pastor compassivo com as aflições do próximo. Miriam também não se deu conta de que ele aparecera trinta minutos antes do horário no qual, habitualmente, Baltazar chegava. O visitante tinha calculado o tempo exato entre sua chegada, a de Baltazar e a ânsia de Miriam por resolver tudo aquilo. Todos esses elementos deixariam a mulher vulnerável e suscetível a contar para Gerson a situação e lhe pedir ajuda. A estratégia do pastor havia funcionado.

***

Baltazar chegou no horário de costume. Ao entrar, viu Gerson se levantar e acenar com a mão que segurava a Bíblia. Estranhou a presença da visita e a ausência das crianças. Naquele horário, elas sempre estavam na sala.

— Boa tarde! E as crianças? — quis logo saber o dono da casa.

Foi só nesse momento que Miriam se deu conta de que os filhos estavam em casa e poderiam ter escutado a conversa.

— Acho que estão no quarto. O pastor Gerson veio fazer uma visita rápida. Ele teve um pressentimento de que precisava vir nos ver hoje — explicou a esposa, querendo acreditar nas próprias palavras.

Baltazar cumprimentou o visitante enquanto tirava o chapéu. Quando se deu conta, Miriam estava à sua frente, a menos de um palmo de distância. Tinha bastante tempo que ela não se aproximava tanto do marido de maneira consciente.

— Olhe! Eu sei que você vai ficar bravo. Mas eu contei para ele sobre a proposta. Não consegui esconder depois que ele disse ter recebido um chamado para vir até aqui.

Baltazar fez uma cara que há muito tempo Miriam não via. Mesmo não sendo religioso, sempre respeitou a crença da mulher e nunca relutou que ela levasse os filhos à igreja.

— Só acho que isso era assunto nosso — disse o marido com a voz baixa.

— Não se preocupe, Baltazar, não irei contar nada a ninguém. Eu só vim mesmo para ajudá-los com esse fardo dado pelo Senhor.

Quando Gerson terminou a frase, Baltazar e Miriam já estavam na sala.

— Vou pedir para as crianças esperarem mais um pouco no quarto para a gente conversar.

Quando chegou ao quarto, a mãe olhou minuciosamente um filho de cada vez, com a intenção de descobrir se eles tinham escutado a conversa. Não conseguiu chegar a uma conclusão. Depois, pensou em qual deles reagiria de modo diferente se tivessem escutado. Desistiu dessa tarefa e voltou para a sala.

— Pronto, podemos conversar.

— Em relação a qualquer decisão que forem tomar, vocês devem considerar a sabedoria divina para encontrar a verdadeira resposta — começou o pastor, já pronto para ler o primeiro versículo. — E a sabedoria divina diz: "É de dentro do coração dos homens que procedem os maus pensamentos, as imoralidades sexuais, os furtos, os homicídios, os adultérios..." — Gerson sentiu um embaraço incomum após ler a última palavra. Não refletiu sobre o contexto em que estava antes de dizê-la. — O que isso quer dizer? Que Deus julga o que está em nossos corações, Baltazar. E o seu coração só quer fazer o bem, independentemente da escolha. Você só quer fazer o bem!

Miriam ficou encantada com o discurso de Gerson. Agora, sentia-se confiante. Sentia que Baltazar aceitaria. Previa que, finalmente, sua vida seria diferente.

— E como é possível agir com o coração impuro quando se faz algo pela família? — continuou o pastor. — Deus foi bem claro ao dizer qual deve ser a prioridade do homem: "Se alguém não cuida de seus parentes, e especialmente dos de sua própria família, negou a fé e é pior que um descrente".

Gerson falava como se estivesse na igreja, discursando para as sessenta ou setenta pessoas que acompanhavam seus cultos com frequência.

— Agradeço sua visita, Gerson — disse Baltazar, querendo encerrar o sermão. — Vou conversar com a Miriam hoje, e nós vamos tomar uma decisão.

Baltazar tinha por hábito empregar o plural, mesmo sabendo que a esposa já tinha feito sua opção.

— Eu é que agradeço. E lembre-se, Baltazar: Deus confiou a você essa grande tarefa porque é capaz de suportá-la. Como disse o Senhor: "Não tenham medo, pequeno rebanho, pois foi do agrado do Pai dar o Reino a vocês".

Ao terminar de citar aquele versículo, um dos filhos lembrou do trecho sublinhado a lápis, em *Sabedoria de Salomão*. Foi um deles o responsável por marcar aquela passagem; o filho, naquele momento, se deu conta de que o medo poderia ser útil para o bem e para o mal.

A DECISÃO

Embora nunca tivesse agido livremente em sua vida, Baltazar sentia-se encurralado. Pela primeira vez, seu otimismo quanto ao futuro tinha uma justificativa plausível.

— Acho que vou aceitar — começou a primeira conversa com a esposa, na qual iam decidir alguma coisa em suas vidas. — Parece ser o melhor a fazer.

— Concordo! Até acho que você poderia pedir uma quantia maior. Você sabe quanto a viúva recebeu? — voltou a perguntar Miriam.

— Não sei. E o que isso importa?

— Em nada — respondeu a esposa. Novamente, pensou na morte do marido, agora com remorso.

— Onde a gente vai guardar tanto dinheiro? Disseram que levantaria suspeita deixar no banco.

— É uma boa pergunta — dissimulou Miriam, que já havia pensado em tudo. — Fique tranquilo! Vou ajudar você com isso.

— Vamos falar para as crianças? — perguntou Baltazar.

— Um dia elas vão ficar sabendo, mas ainda acho que são muito novas. Mesmo porque vão querer saber de onde veio o dinheiro.

Miriam já tinha pensado em como cada um dos descendentes deveria gastar o valor destinado a eles. No entanto, acertaria em sua previsão apenas com relação a Edgar.

Baltazar experienciava a angústia da verdadeira liberdade. Sentia que sua escolha representaria a salvação ou o pecado não só de si mesmo, mas de toda a humanidade.

Pela primeira vez na vida, Baltazar pensou criteriosamente sobre suas ações, sobre o que deveria fazer. Estendeu os pensamentos até o início da vida, do trabalho, do casamento e dos filhos. Percebeu que nunca tivera a oportunidade de pensar criteriosamente sobre cada um desses elementos essenciais à vida. Constatou que o pensamento também era um privilégio renegado a ele.

Baltazar a*ceitaria. Aceitou.* Sentia a vontade de toda humanidade em sua decisão. O homem se viu, mais uma vez, delimitado pelas circunstâncias que acompanharam sua vida desde o nascimento.

A SABEDORIA DE SALOMÃO

— Você consegue enxergar as letras?

— Não! Só um vulto.

— Certo, tampe o outro olho. E agora, consegue reconhecer as letras?

— As maiores, sim.

— Muito bem! Parece que não está mais perdendo a visão, Baltazar. Você precisa continuar usando os colírios todos os dias, sem falta.

Baltazar consentiu com a cabeça.

— Quem veio com você? — indagou o médico.

— O Edgar.

— Ele não quis entrar?

— Não — respondeu o paciente. Ele nunca entrava. Não gostava de ver as fragilidades do pai tão evidentes.

— E os ombros e a coluna, como estão?

— Vou passar no ortopedista depois que sair daqui. Deixo para marcar tudo no mesmo dia.

O médico de Baltazar era o mesmo que consultava os outros funcionários da companhia ferroviária. Geraldo estava muito irritado com o grande número de funcionários afastados com problemas de saúde e pediu para Pedro arranjar uma maneira de resolver aquilo.

Com ares de cuidar da saúde dos funcionários, Pedro fez convênio com a única clínica médica da cidade. "Agora, todos poderão se consultar de maneira rápida e sem gastar nada", foi o que ele disse ao anunciar a novidade. Evidentemente, o patrão subornava o médico dono da clínica. E parte do dinheiro dado a ele para não conceder afastamento aos funcionários era o que Baltazar não fora mais buscar.

Também fora esse o médico responsável por diagnosticar o câncer de Mathias. Quando soube da tragédia e da tentativa da companhia de culpá-lo, constatou que a família tinha escondido a informação da doença.

Achou conveniente não revelar ao Pedro seu conhecimento sobre o caso clínico do falecido. Sentia-se um bom homem por aquela conduta.

Desde a solução encontrada por Pedro, o médico deveria informar as condições médicas do funcionário e se este tinha condição de trabalhar. Somente em casos extremamente graves era concedida licença-médica. Porém, "todos devem voltar a trabalhar assim que tiverem as mínimas condições", esbravejava Pedro.

— E a tosse, continua?

— Sim.

Baltazar perdera quase a visão toda do olho esquerdo e parte da capacidade do olho direito devido às queimaduras ocasionadas pelo uso frequente de solda sem proteção. A companhia só começou a fornecer equipamentos protetivos depois que os primeiros empregados sofreram lesões permanentes.

Baltazar foi um deles. Tinha pouca mobilidade e sentia dores crônicas nos ombros e na coluna, além de tosse constante devido à inalação de fumos de solda. O médico suspeitava de câncer, mas não foi autorizado a solicitar os exames para comprovar. "A comprovação da doença pode nos prejudicar no processo", advertiu Pedro.

Um grupo de funcionários havia entrado na Justiça contra a empresa devido às sequelas adquiridas no trabalho. A princípio, Baltazar não quis participar do processo judicial, mas depois achou que ainda era possível fazer algo considerado justo.

— Ele está gostando do curso de Medicina? — perguntou o médico sobre Edgar.

— Sim. No começo, ficou um pouco em dúvida, mas depois disse que era o que queria.

— Então, será um homem da ciência. Curioso que é o único sem nome de santo — brincou o doutor. Baltazar nunca tinha pensado naquilo. Jamais havia questionado os nomes escolhidos por Miriam.

— Que bom que conseguem pagar. Não é um curso barato.

— Herança de um parente da mãe — mentiu o paciente.

— Algumas pessoas fazem mais o bem mortas do que vivas — disse o médico, que sabia a origem do dinheiro.

Aquela afirmação fez Baltazar pensar na morte de Mathias.

— Bem, nada de trabalhar por enquanto, Baltazar. Enquanto isso, vamos seguir com o tratamento.

Há dois anos, o pai de Edgar estava afastado do serviço. Também deixou de receber a quantia de 50% desde que se afastou, porque o aumento não poderia constar na folha de pagamento. Pedro combinara com Baltazar que a quantia seria colocada em um envelope no seu armário no primeiro dia útil de todo mês. O operário nunca fora reivindicar aquele valor. De um modo estranho, sentia-se aliviado por não receber aquele dinheiro.

Baltazar era o único funcionário da companhia que estava há tanto tempo afastado. Foi, na verdade, um afastamento pedido por Pedro. Para ele, a melhor maneira de garantir o silêncio do subordinado era mantê-lo longe dos outros empregados. O encarregado presumiu, acertadamente, que Baltazar não iria requerer a quantia mensal prometida se estivesse afastado.

— Sabe, Baltazar, já pensei no Edgar trabalhando aqui comigo depois de formado.

O paciente não disse nada. De fato, o médico havia pensado em colocar alguém no seu lugar quando se aposentasse. Ele acreditava que a moralidade de Edgar fosse suscetível como a do pai e, por isso, faria uma proposta ao rapaz para participar do conluio em alguns anos. Como todos os filhos, o jovem seria julgado e avaliado pelas ações dos pais.

— E como está Mi... — O médico ia perguntar sobre Miriam, mas lembrou que haviam se separado. Desde a noite em que Baltazar se decidiu, tinham passado 2.531 dias. A mulher pedira o divórcio... e metade da quantia recebida pelo marido.

— E como estão os outros filhos? — o doutor reformulou a pergunta.

— Estão bem! Não quiseram estudar, mas se encontraram na vida.

Dos três, Ana era a que tinha melhores condições materiais. Descobrira sua habilidade para vendas e abrira uma loja de roupas com o dinheiro dado pelos pais. Mateus mantinha um emprego e vida medíocres. Usara toda a sua parte da herança, e não sabia exatamente em que a tinha gastado.

Recentemente, tinha recebido a notícia de que seria pai. Os filhos de Mateus seriam os únicos netos de Baltazar e Miriam. Ana e Edgar não desejavam ter filhos, cada um por um motivo diferente.

— E você, já sabe em quem vai votar para prefeito? — indagou o médico enquanto escrevia a receita dos colírios.

— Ainda não. Talvez nem saia de casa para ir.

Aquela pergunta despretensiosa, na verdade, tinha sido a que mais incomodara Baltazar. Depois do ocorrido, Geraldo havia se tornado prefeito, e agora buscava a reeleição. Em sua primeira campanha, teve como *slogan*: "Para colocar a cidade nos trilhos, Geraldo é a melhor opção".

Quando chegaram em casa, Ana os esperava com seu marido Sérgio, um jovem advogado talentoso e hábil como ela. Baltazar permanecera na casa onde moravam. Fora Miriam que saiu: voltara a morar na residência dos pais, desejando um novo começo para sua vida.

A mãe ficara com as crianças até elas saírem de casa. Ana e Mateus fizeram isso depois de se casarem. Edgar foi morar em uma república de estudantes, na cidade vizinha. Às vezes, ela sentia-se culpada por ter deixado o marido, mas não tinha coragem nem desejo de retornar. De qualquer modo, sabia que Baltazar não a aceitaria de volta.

Miriam custou a acreditar no destino que a perseguiria até o fim dos seus dias. Quando pensava em sua vida, era para iludir a si mesma de que nada poderia ter sido diferente. Não sabia bem por qual razão, mas aquele pensamento reconfortava seu espírito atormentado pela realidade.

— E então, como foi? — quis saber Ana.

— O de sempre — respondeu Baltazar.

— Alguma novidade? — perguntou Edgar para a irmã e para o cunhado.

— Perdemos na primeira instância. Mas vamos recorrer, ainda temos esperança — contou Sérgio.

— Você acha que o fato de Geraldo ser prefeito tem a ver com a decisão? — cogitou Edgar.

— Olha. Espero que não, mas é uma cidade pequena, e ele é muito influente. Não dá para saber — disse Sérgio, mas todos conheciam a verdadeira resposta.

— Há outros fatores que também pesam — continuou o cunhado —: o fato de nem todos os funcionários terem entrado na ação por medo ou... — Fez uma pequena pausa. Iria dizer suborno. Ana tinha contado toda a história para o marido. — Tem também o fato de eles terem o testemunho de Baltazar sobre o acidente com as mortes.

Com seu instinto de advogado, Sérgio acusou o sogro sem se dar conta. Donizete e Nestor ainda trabalhavam na companhia e, frequentemente, visitavam o amigo. Nunca perguntaram se ele recebera alguma quantia para ter feito aquilo, mas todos suspeitavam que sim. Em seu íntimo, sabiam que qualquer um teria aceitado, por motivos e desejos diferentes.

— Precisamos ir, pai. No final de semana, passaremos aqui. Você ainda vai estar, né, Edgar?

O jovem balançou afirmativamente a cabeça. Nos períodos de férias da faculdade, ficava com o pai. Nunca o culpara. Atualmente, não tinha mais tanta certeza se teria feito diferente. Sabia que o pai sofria pelas escolhas do passado.

— Você pode ler alguma coisa para mim? — perguntou Baltazar.

Criara o hábito de pedir ao filho para ler trechos da Bíblia para ele. Passou a acreditar que aquele final para sua vida seria injusto. Buscava um último conforto para o fim previsível, e não havia mais futuro possível que pudesse ludibriá-lo.

— Posso, sim, você tem alguma preferência? — quis saber Edgar.

— Não, não. Vamos deixar por conta do acaso — disse Baltazar, com um leve sorriso.

O filho foi até a mesa em que estava a Bíblia. Era a mesma de antes. Miriam não fizera questão de levá-la. Ficou pensando por alguns segundos sobre qual livro ou versículo escolher. Decidiu-se. Voltou-se lentamente enquanto olhava para o pai deitado. Sentou-se no chão ao lado dele e leu:

— "Porque o medo não é outra coisa senão o desamparo dos auxílios da reflexão; menos contamos interiormente com eles e mais alarmante parece ser a causa oculta do tormento" (*Sabedoria de Salomão*, 17, 12-13).

Baltazar ficou pensando naquelas palavras, como sempre fazia quando Edgar terminava.

— Acho que nunca fui muito sábio, mas sempre busquei fazer o certo. E carrego a incerteza de ter sido um bom homem. Mas acho que só o fato de me preocupar com isso, eu não seja uma pessoa tão ruim. A única vez em que tive certeza do que seria o certo a fazer, fiz o contrário do que queria. Fico pensando em como seriam as coisas se tivesse recusado...

Foi a primeira vez que Baltazar confidenciou seu pensamento, seu sentimento. Foi uma confissão não planejada, mas ele precisava fazê-la. A bondade de Baltazar ansiava por uma punição. Mas Edgar não disse nada. Tinha a rara virtude de ficar calado quando as palavras em nada pudessem ser úteis. Às vezes, o silêncio pode ser um ato heroico.

O rapaz se lembrou de quando sublinhara aquele trecho. Constatou que escolhera o versículo para os dois. Aquelas palavras representavam, ao mesmo tempo, o desfecho de uma história e o início de outra. Sentia cada vez mais medo de perder o pai, de como a culpa por sua escolha o atormentava. Edgar também não tinha mais certeza se recusaria a proposta.

Desde a decisão, a dor que Baltazar sentia em sua alma se assemelhava cada vez mais às suas dores físicas. O homem quis acreditar que tudo poderia ter sido diferente... Adormeceu. Edgar não sabia se o pai abriria os olhos novamente. Pela primeira vez, Baltazar não desejava mais abri-los.

Este livro foi composto
com tipografia Adobe Garamond
e impresso em papel Pólen Bold 90g/m²
na primavera de 2023.